午夜之暗

簡單 著

目 次

午夜之喑
目次

從書店回來

懷揣著《春繆集》，一個人
像兩個人，在大街上走著
我喜歡這半價書，卻不喜歡
這打折的生活，每天
忙，是無所事事的忙
閒，是百無聊賴的閒
日子，像預定好的純淨水一樣
無味。所謂報酬
只是有限的一點的碎銀
幾乎不夠醉了，和朋友去一趟

戀歌房。我知道會有許多人
和我一樣活著，就像此時
在遠方，你從辦公桌旁站起
偶然看到，一隻斷了線的風箏
無力地倒掛在電線上……它讓你
生出的感觸，也許就是
我的。生活在自己的日子裏
一個人，像是和菲利浦・拉金
像是和許多人，一起
獨自地向前走著。

午夜之暗
從書店回來

我一轉身就流出了淚

血液上湧，靈魂下落
面對一個秋天
我想起一個女人

一個女人的秋天
是收割前的成熟
飽滿必將衰落於時間

我又想到了一個鐮刀形的男人
我轉身卻看到了玉米
和童年的牛車

他們的愛情
盛開於玉米地
而結束於四散的鳥群

我一轉身，擰斷了回憶
在故鄉
老去的他們只是一堆墳

我想到了愛情、欲望和生命
我感受著一種無法承受的空
我一轉身就流出了淚

生活

算了吧，就這樣算了吧
空酒瓶子，豬頭肉和燴麵

算了吧，就這樣算了吧
烏托邦，花朵和糞便

算了吧，就這樣算了吧
切‧格瓦拉，小麥和空難

算了吧，就這樣算了吧
妓女，宗教和謊言

算了吧，就這樣算了吧
煤，鋼鐵和帶喇叭的政權

算了吧，就這樣算了吧
詩歌，平頂山和簡單

午夜之暗
生活

午夜之喑

發冷的眼淚

浸泡

胭脂、粉

這是生命的福馬林嗎？

像餐桌上的蘋果，保鮮期

有二十幾年？

你取下甲冑

赤手與內心搏鬥

打開酒精之門

瘋狂地痙攣
戴著假睫毛
那星星，向誰眨著眼睛？

穿過夢、吊環與平衡木
腳尖踮起
傾斜的姿勢
你倒下
任一隻手撿起散落的花
插進頹廢的花瓶

這沒有什麼
咬著牙
你撕破睡衣
在午夜睡成基督
讓床背著你走過痛苦

一個女人的早晨

光滑的地板，緩慢地走動
換下睡袍兒，是一個早晨的開始嗎
她慵倦，滿足，白瓷一般的臉
閃現出性生活協調的光輝

一個別墅的早晨，總比高潮
來得更遲，她反手扣上了乳罩
鏡花水月中記起昨夜的狂熱

她自戀地撫摩著，每一根
酥了的神經，虛妄比真實更完美
她幾乎無法自拔

拉鎖走到了盡頭，疼痛
來自於一絡被夾著的頭髮
她被現實撿了回來

洗臉，刷牙，一個運算式
等號那邊是梳粧檯，她要用心情來決定
使用哪一種顏色的唇彩

生活是空虛的，所以要喝下牛奶
所以要看電視，讀報紙
要不怎麼，坐等時間的泡沫浮上來
把一個早晨像孤島一樣淹沒

未名潭

蔚藍的天空，天空著蔚藍
抬頭望一會兒，頭就暈了
腳下是清冽的潭水
栽下去就會變成一條魚
和寂寞開著，不好玩的玩笑
水面上落滿了落葉，看風
用力掀起我衣角的意思
落葉還要繼續地落下去
在亞武山，懸崖陡得像人心
道路泥濘得像生活

而山谷，正空出一陣風大的清新
讓我來做深呼吸，肺像胃一樣
也會飽嗎？消弭的水霧
在不斷上升的疑問中
輕易地，就用幾滴鳥鳴
灌醉了我的耳朵
坐一會吧，在岩石上
讓青苔和野草爬滿我的雙腳
把我偽裝成可愛的
另一塊

湛河堤

由於新添了路燈
月亮剛出來，就有了
隱退的意思。風的打算
是想揪起想像的美學，讓充滿
泡沫的愛情，像一隻手一樣
伸進，衣服裏的蜜桃。
劇情有些恍惚，曲折
轉眼陷入，一個流浪漢
站在草坪裏的小解
敗了興的停頓

不情願地背過了臉，俏皮話

趁機化了妝，混進了小情調裏

冒充著糖。沒正經的

不光是牙齒，還有瓜子

嗑與被嗑之間

互動著一種怎樣的邏輯？

小松樹一旁緘默著，裝老誠

也可以說是裝無知

臨場感刺激死了，讓幾隻

飛蛾，興奮地在燈光下

不停地撲火，夜在
變濃的時候，也沒忘記
給河水搽上一道，霓虹的脂粉
而河水獨個兒蕩漾著，很不領情
一個仲夏夜之夢，才剛剛
爬出蚊帳的一角

祿莊詩句

陽光，落在雪上
冷，卻進一步加劇了
像一不小心，掉進了冰窟窿
田野，亮閃閃的，像湖泊
但不是。幾行小楊樹
潦草得像壞學生應付作業
在一溜車轍的批改中，小路
已糊塗得和田壟混成一片
有一小陣風，也跟著添亂
它左一股，右一股

直往村莊的懷裏鑽
而村莊，裹緊了紅磚的大衣
任兩隻覓食的凍鳥
在它額頭撒下，孤單的啾鳴

劉希夷墓懷古

一路泥濘。連馬自達
也有點心酸。僧人無容，
遙指，衰草中的荒塚。

淚，有些湧。心堵，
只是殘雪，為亂石鑲邊兒，
露出，光陰的崢嶸。

你已睡不醒那一場噩夢，
星光下，一條裝滿黃土的布袋，
正在趕制陰謀和死亡……

花依舊，寺未空，
只是，再也無人填詞
代悲白頭翁

停車山間

有一種寂靜你無法聆聽。
你充當旁觀者，不如進入劇情——
現實是一群羊，白雲似在山頂啃草，
我們的車壞在小路旁——女助理
很著急，為了給我遞扳手
她彎腰，幾乎倒出了胸前的白桃。

一種美突然襲擊了我——也許，
只有這時候，我們才懂得欣賞，
才懂得身邊的景色，一直就這樣

被浪費著。但鳥
不這樣看，它們落在車的周圍
嘰嘰喳喳，像看熱鬧。

推理

一開始，邏輯就有點亂，
那解開的鈕扣，半裸的島嶼，
再一次證明了，肉體
是欲望最好的啟瓶器。
風開始不信，在她裸露的肚臍旁
收集著腹肌的光滑，而目光，
卻一下子跌進了，黑色的吊帶襪——
如果繼續探下去，就是絲襪裏的腿
和她背後，一望無際的深海，
那裏，也許鯊魚正在出沒

也許，毛邊的現實，

正在被一台單反相機剪裁──

當然，這要動用想像、三腳架，和

一個攝影師的廣角。

假設這一切，還不能自圓其說，

就要虛構上：一個朋友

花了20美元，從香港買回來

送給我──這個注腳，也許有些敗筆

但我們每一個人的生活，

何嘗不是一幅完美的贗品？

監視器

她的衣衫不整，像是有人
剛剛對她施過工。但這是大白天
還是在電梯裏，保安甲注意到
她的嘴唇，有茱莉亞‧羅勃茲的性感
但視線往下，就有一些模糊了
這也徒增了保安乙的好奇——他隨即
也拉來了一把凳子，他們的饑渴
是青春痘破裂後的望梅止渴——
像這樣的摩天大廈，出入的人
真的很雜，也很多，警惕
出於職業的習慣——她有了動靜，

在畫面的右下角，拉近鏡頭
是她自己掀起了短裙，修長的絲襪
糾正著保安甲對性感的想像——她下意識地
在左顧右盼；保安乙屏緊了呼吸；
一連串的動作是側身、彎腰
繫著什麼。保安甲首先看出了眉目
他離開了螢幕，喝了一口
敗火的菊花茶，突然想起，
遠在老家理髮店裏的女友，也穿過
這種劣質的吊帶襪。

土門河速寫

河灘扁平，像一塊癬一樣
長在山間。為此
一座橋，暗自吃驚，
幾台相機，不停地露能。

河邊的那些梨花，明擺著
是春天的即興，讓桃花就這樣
吃醋吧。隔岸觀火，
河邊的卵石，圓滑著呢——

為此，一塊岩石生過氣，
它想撕碎山霧撲下來，但它賦予
卵石的法力太小，根本
救不了，幾近乾涸的河道。

清明山水圖

一陣小風就是一次親吻。
花香，並未圖謀。不軌的
只是蜜蜂，春愁不是小祕密，
一堆一堆的枯葉，早已露出了
山路的內褲。

山神不說話，只用山泉
兜圈子，一會叮咚作響，
一會鴉鵲無聲，想想吧，
我們的天性，也是愛和往事
捉迷藏。

記憶土斃死了，總是糾集些
小感慨，來查理智的賬，
淚呀，恨呀，又能把野花怎麼樣？
的確，我們不能把山峰，想得
比人心還陡。

不妨說，山路就是蚯蚓
當我們攀到山頂時，才看出
它的原型，這一點，
山霧笑彎了腰，險些讓幾塊
突兀的岩石，墜了崖。

團城遇雨記

梨花涕淚，小雨梳分頭。
木耳，憋在朽木裏，讓老農
著急。木蘭偷笑玉蘭，
一場春風的錯愛，到底
辜負了誰？河床舉著
巨大的圓石，裝自然
而自然，本身就包含著自然——
這似乎有點咬嘴，但敘述的口吻
更適合於陡峭的山岩，
刀劈的峽谷，和若隱若現的人家——

這滿足了我所有的想像
記憶的清單裏，所謂的田園
歸納起來，不就是這幾項？
讓兼職的淵明休息吧，這不是
意境，是現場。

日常生活

我擰不開我自己，像瓶子，
但我能看到它內部白色的片狀藥粒。
這就猶如生活，沒必要去看說明書。

我常和熬夜的臺燈，討論這個問題，
有時，關了燈，失眠也加入，
這似乎於事無補，有了另一種副作用。

我站在書架旁，翻書，找答案，
在整個過程中，我發現寫書的人，也在翻書。
沒有直接通向夢想的管道——

事實上，我們都困惑，就像向炒鍋裏
放多少克鹽，菜才算不鹹。
我們無法給生活按上齒輪，精準到碼錶。

窗外，又在修馬路，巨大的壓路機
多像我生活的入侵者，有時，你能感覺
時間就好似如此，轟隆隆會壓過一切——

其實，沒必要撬開自己，就像中藥。
三兩愛情，二兩憂鬱，以及五兩親情
就夠了，藥引子，要有一顆平常心。

古秋圖

螞蟻躲進巢穴，枯木在雨水中
發腐。野草衰敗，如小姐
一腔沒有頭緒的思慕。
獨繡鴛鴦，成了走向春天唯一的路。

書生醒來，經卷跌落案幾。
欄杆外，雨腳如麻，
經年的往事，
如丫鬟的緞子鞋，踩起的灰塵……

蕭瑟，萬物膏肓，連夢也病入臆想。
門窗緊閉，小屋自囚，
一杯薄荷茶，豈能掩住
內心湧動的溝壑？

奸臣當道。戰馬嘶鳴。
烽火幾乎燒到京城，而皇帝
還被嬪妃，掏著耳朵——
癢，就是四海升平。

小姐還在一首詩中，羞澀地品味
韻腳的漂亮。她不知道
城池已破，子夜後，她和他
將一起落難到一個破廟……

午夜之暗
古秋圖

1945年的伊茲拉・龐德

槍聲刺耳，就響在窗外。
拉巴羅的黎明，應該布滿血色。
當刺刀挑開門簾，一個噩夢
才剛剛在我身上產下幼卵。

比薩是個籠子，但我的內心
卻遼如海闊。沒人能阻止
那電線上棲落的小鳥，
而每個小鳥，都是我的靈魂。

我布下黑暗，在黑暗中
我卻充滿了光亮，我細數
下巴上的鬍子，而每一個聲音
都是一次意外。

紙箱做成寫字臺，落葉
在小帳篷外，擺渡整個秋天。
在朝聖的路上，只有雷明頓牌打字機，
和醫用膠布粘不住的經卷。

午夜之暗
1945年的伊茲拉‧龐德

也許，沒有未來。比薩
海倫的雙乳旁，就是我的墓地。
我與世界鬥爭時，
早已失去了，我的中心。

1937年的藍蘋

他澈底折服了，
我是他的，糖衣炮彈。

這再一次證明了
愛情，只不過是肉體的傀儡。

從旗袍，到軍裝
我一點一點挪用著我變質的美。

其實，我也很無辜，
延安，只不過是我踮起腳尖的一吻。

我不愛任何人，包括
為我自殺兩次的，叫唐納的阿仁。

我曾愛過的燈紅酒綠，和放縱
如今都遠了，只有戰火還在焚。

我有時縮在衣服裏，只聞聞
史沫特萊的香水，就把自己擰緊。

每個人的靈魂都是瓶子，
裏面裝著什麼，衛生棉和白白的藥片？

記憶中，我忘不了自己是個演員，
每種角色，都將被我嘗試。

現在，房事之後，他睡了，
延安的燈火，只照著窯洞的破舊……

午夜之唔
1937年的藍蘋

1936年的瞿秋白

這溫暖的泥土，
現在屬於我了。
這野花，和野花下的平靜，
也屬於我了。
我的世界裏，已沒有了剝奪，
當一顆子彈，
在一年前，以減速運動穿過我。

那個時候，我沒有
喊疼，驚飛的小鳥可以證明。

那個時候，我無所畏懼，
當我像一截盲腸一樣，
被利益的小刀，劃出
發炎的機體。

靜下來，想想，
我的書生氣太濃了，它成就了我
也毀了我，我不怨別人，
像獨秀的狷狂，不是出自本性？

午夜之暗
1936年的瞿秋白

現在，這裏的一切，都屬於我了，
這小河，這蜜蜂，這銀杏和
金環蛇，它們不會叛變、出賣
和指認，它們才是我
最好的同志，和它們睡在一起
多安生！

1942年的蕭紅

我捨不得，捨不得我的胭脂
和口紅，這帶氯氣的自來水，
這門前的榆樹，和樹上的鳥窩兒，
世界是這麼舊了，我依然捨不得。

捨不得，我捨不得我的呼蘭，
那一方肥沃的黑土，那茁壯的包穀，
那三角的愛，那菱形的恨，
如今，一切都要解脫。

我捨不得，捨不得記憶
這個賊，捨不得它偷走的1933年
大上海，我旗袍裏
飽滿的肢體，在梁園，豫菜館……

捨不得，我捨不得這支筆，
捨不得《生死場》，先生的愛，
那低緩的音樂，1936年，我悲傷地
走過你的墓地。

我捨不得，我捨棄的太多，
蕭軍的淚水，我夭折的孩子，
夜幕下，一條小船划過，留下的波痕……
是的，捨得與捨不得，我都要遠離。

午夜之唁
1942年的蕭紅

1894年的保羅・瓦雷裏

我無法說出痛苦，如果
它有形狀的話，就是落在
壺底的垢。它和沸水一起
曾考驗過我的耐心。

像有隔膜，我對這個世界
知之甚少。我把練習
當成我的生活，一塊小黑板
沒有邊界，連著我的髮絲。

我陷入自身，讓日子模擬
黑白相間的床單，我的枯燥
是一隻小鳥，飛過窗戶後
留下的陰影。

在我擦掉，這一日的思維
記錄之前，我沒有明天，
影子臨摹不了我，我與
時代的分道揚鑣，也許是錯覺。

午夜之喑
1894年的保羅·瓦雷裏

我始終無法，與這個世界妥協，
自囚於內心，我選擇沉默。
我終將成為我肉體的家具？
當整個巴黎，淪為一種假設。

1914年的特拉克爾

我所承受的，也將會是你所
經歷的。我無法面對，
這麼多的死，這八月，
這血肉橫飛的日子。

我選擇了自我，在精神裏
築起一道道的牆，我的手藝
是多麼地好，用藥片
向文字宣戰。

我的苦悶，是妹妹的病情，
躺在不潔的被單上，我奔走在
拮据的柏林。一切都是
徒勞的、蒼白的，如雲朵……

可卡因有多過癮？這針頭下的
罪孽，我的麻木與清醒，
有著雙重的絕望。幻滅，
真的來自，格蕾特白色的誘惑？

我已處於世界的彼岸。克拉考
不再會有我身影，讓戰火轟鳴吧
我喜歡這裏的寂靜，和寂靜中
我缺席的聲音。

午夜之喑
1914年的特拉克爾

水妖（13）

我的情欲很濃。
我發燒的肌膚像大地一樣滾燙。
我的胭脂塗滿了我裸露的肚臍。
我無法遏制自己時像個暴虐的女王。

我飲空虛這盆血。
我一連串吞掉那麼多夕陽。
冥域中到處開滿了我名字的花。
我捶打自己的尾巴，像有痛苦在體內切割⋯⋯

我必須回到河的對岸，然後，再到彼岸。
我必須牽著一匹馬，並以夢為馬，回到我的前世。
我的前世，是一條暴躁的魚，
死在去群交的路上。

水妖（18）

饒恕我的罪孽吧！我祈禱
親愛的，我的祈禱
是白色的，像一朵一塵不染的花
是你教我，認識愛的
那至純的光，一下子就點亮了我
是善在塗抹我，那光澤
增一分，就讓人欣悅
哦，親愛的，我說你是對我的一次謀殺，甜蜜的
想你的名字，就膩甜，像浮在舌尖
你瞧，即便我感冒了，躺在水草裏

也會托起即將沉沒的船隻

親愛的，是你給了我一把鑰匙

讓我打開了，不可能打開的門

感受了，不可能感受的恩

親愛的，你瞧，我又哭了，脆弱和強大

真的，是靈魂等質的砝碼

我祈禱，以三倍的虔誠，饒恕自己是個妖

親愛的，我的祈禱是白色的

有三層花瓣，包裹

洛麗塔

1.

那些短暫的野獸終於復活了。
洛麗塔，洛麗塔！
在夢裏，你是我雪白的處女，
穿著白襪。
我用咖啡壓住夜的孤寂
泥土，就在我腳下
洛麗塔，我的欲望瘋長
漫過你胸前小小的村莊。

你是那麼的幽蜜
如花朵，懸在河流之上
月亮是你的腰身，洛麗塔
我被你隨意地咬傷
你是蛇嗎？哦，
星空，一寸
眸光，摧毀我龐大的秩序。

2.

我退回那個早晨，夏洛蒂
我該和美保持警惕。

有漏眼兒的靈魂，附身
盤子裏的魚，哦，
夏洛蒂，洛麗塔是隻貓
只穿著紅內衣！
我擺弄她的睡姿
我迎合她的嘴唇
哦，罪惡，
荷爾蒙在狂飛，所羅門打開
身體的魔瓶……

3.

我需要一根繩子
把一切結束。在鄉村
我的懺悔，是淚水
在露水裏不停地打滾。
閉上眼睛，我焦躁的心
還能聽到什麼？
發聲的夢？
囈語，來自白晝的壓迫

還是夜晚的放縱？

哦，頭疼

針刺的疼，我輕如棉花地

落入泥沼，又被

洛麗塔救起……

狂裔賦

1.

營丘是個毬，與我何干？
華士昨天病了，我翻《內經》，
竟然看到神農的影子。

2.

我上山採藥。
我不拯救自我。

自我，只是一把
別人用於丈量自由的尺子。

3.

我飲酒。
看菊花和桑麻。
看螞蟻在樹下火拼，
笑姜子牙揮舞雞毛一樣的令箭。

4.

神呀，柳葉已在河邊捲曲
兄妹還在葫蘆裏亂倫
我做夢，打呼嚕
吃，沒有孵過蛋的雞。

5.

我拒絕
和釣過魚的人談魚

和殺過生的人談仁
還有，和妓女談貞操。

我不清高，醉時
會和一頭豬，在泥塘裏打滾
我會捉蝨子，把頭髮盤成
商湯的形狀。

6.

「清音招魂兮，魄逸形。」
竹冷豔，月如鉤。

瑟上煙霞，萬古流。
我會珍惜平靜中平靜
空出一個知了，鬧枝頭。

7.

死何畏？生何惜？
一片飛蝗，火燒雲過後
我血凝。我身腐。
我氣貫丹青與日月
我可以這樣想，你可以舉你的刀。

8.

潛龍在淵。
八八六十四卦，我的兄弟，
耆草已被捻斷，
還剩下什麼？
春風？野花？一條狗的性事？

9.

「耕田而食，掘井而飲。」
現在看來，是場夢呀

「日落兮，蚊盈道
白駒過焉，輪迴知。」
流氓的邏輯，就是取消正義。

10.

劊子手被我嚇壞了。
我笑著，在他刀上飲血。
自由的杯盞，高過尿布一樣的旗幡
我不是第一個挑戰者，
也不會是最後一個。

接輿考

1.

趙錢孫李,陸在哪裡?
這是後人的排序
我醉了,長街一倒
飲霜吃露。

2.

昨天,我偷看了王寡婦洗澡
昨天的昨天,孔丘
幽會了南子,那個騷貨。

我們不是一丘之貉
我名通。

3.

殺人於無血
政治，政治
一團黑?!
像鍋蓋，像落雨的天空

4.

剪去頭髮
丟掉簪子
我的髮型有多酷，就有多傷心

異數，異數，連銅鏡
也在驚呼。

5.

黑夜是黑社會
白夜呢？一把刀在仁義之外的訴說。

我頭疼，頭疼
吃鼻屎
罵聖人
洗腳，打坐，想女人。

6.

雜碎
都是雜碎。

我只吃豬後腿
提著茶壺，在《山海經》中吃
在鄉野僻道裏打飽嗝

7.

誰說脫毛的鳳不如雞？
小混混兒終是大混混兒潤滑劑

孔丘不是喪家犬
每個人的命運都是徒手與內心的博弈

8.

我內心苦悶。
我以翠竹為笛

我用跑調兒的聲音唱：
「鳳兮鳳兮，何德之衰？」

我聾了。
我不管誰聽到。

9.

一切都是徒勞
無為中的為
殺人者終歸殺人
亡國者終歸亡國

10.

「往者不可諫，來者猶可追！
而已！而已！」

這悲涼的人世，滿目瘡痍
我說瘋，我就瘋了。

午夜之喑
接輿考

唐寅心經

1.

梅花藏暖。
斷燭臥寒。
殘雪幾疏，瘦在枝頭？

我病了，在江南，
服水服土，不服心。

郎中，是江湖郎中，
而江湖，就是江湖。

2.

我練字，畫畫
在草木中退避三舍

我消極
氣若遊絲，和自己打太極

六如，就是桃花塢裏的蟬
就是佛法
就是半斤墨汁裏，懷素的騷情
張旭的顛

3.

驚，不是
虛驚，是夢魘裏的驚
寧王府裏的驚

我葬桃花，種鋤頭
一天一次，安撫自己
不計報酬

4.

允許他人指鹿為馬
就允許我比貓畫虎

我太小
小到一塵一埃

5.

牢獄之災
就是苦難，為人性繡花

寒山寺的鐘聲裏
布下了多少零落的悲夢？

——釜底抽薪
志正酬……

6.

歸去兮，秋香已老。
我在酒精中失禁。

三笑，就是
對著鏡子，顛三倒四地笑

塵世無一物
何處惹風塵？

午夜之暗
唐寅心經

哈哈
哈—哈—哈

7.

「人人笑我癲，
我把人世看得穿。
哦，禮義廉恥，
道貌岸然的遮羞布，嫖客般的無辜。」

8.

普遍的黑，仍是
一群烏鴉，和它們盲目的飛……

午夜之暗
唐寅心經

嵇康詮玄

亂更相輕，
載水之舟停於沙漏。
疏影之內的梅花，傲雪
卻於弦斷處，落零。

破曉鍛鐵，玄門之妙
把直打彎，
或把彎打直，
是水與火，為與無為交融的兩極？

觸及山之高遠，是清音裏的一段麗夢
霞蔚雲蒸，帆濟滄海

若是風起，風必入松，
若是雨駐，雨必洗草廬於
城闕之上。

擊缶慕雪，窮寧靜之源頭
蘆荻瑟瑟如驚鳥，一味濃愁
煎出，兩窗春意

午夜之暗
嵇康詮玄

濯身之後沐香，閱經如蟻食
仰天思太乙之神術，靈龜涉洛水而出

白駒過隙，逝者
似水不止，陰陽遁運
行八宮，雁卵之小萬物齊寄
笑蒼生，不過秋蠅爾爾

菖蒲為祭，清酒如祀
一杯還醻內心，一杯還醻天地……

昭君怨

冶豔，如花朵之靜美穿雲破月
朱門深掩，
宮砂未破，澡身於雪
需要一場什麼樣的虛擬之火來拯救內心？

皇醉臥於宮闈
近在咫尺，卻如隔三生
珠簾空卷，玉階落塵
一種恨輾轉夢到白頭之婦空沾淚痕

我夢到狼煙四起，鷔鳥亂飛
一對胡騎旌旗招展，穿過大野
古驛道轉瞬湮於茫茫黃沙……

小人之小，如蛇蠍之婦暗地做蠱
一支筆，盜空美而又抄襲美
我知曉悲哀，悲哀就止於內心之寧靜

在更深的夜裏，我脫掉褻衣和月亮對白：
嬋娟兮，誰相憐？

後宮裏，花開七十二朵
每一位嬪妃，都是一味成分複雜的毒

我喝下，玉杯裏的術士之水
媚術亂經，一次次地崩塌在體內
絲衣鏤空象牙的輕滑⋯⋯

夜未央，燭臺上
花瓣濕漉漉地夢到空無一人的故鄉

午夜之噂
昭君怨

文姬恨

鳥絕千山。

不會的，在陳留，我的面孔如白晝一閃。

我渴望光，於暗中卷蘆葉為管，

我吹奏，這一腔雲煙：

天無涯兮，地無邊。

沒有，這個失血的黃昏，低垂綿延如流蘇如胡幡。

我淚濕滿巾，懷藏明月

人生，倏忽兮如白駒之過隙？

氈裘為裳，羯羶為味
鈴鐺脆響，雪已掩過馬鬃，
赳赳胡風
何時夢寐，煙炊繞城繞郭四散為暮靄重重？

花朵退向內心。夜無味，羌笛悠悠不識漢音
怎奈北雁南征，有去無回
馬糞嘶嘶，盆火正旺，日東月西兩茫茫……

午夜之暗
文姬恨

我睡，和鳳凰在一場大火中涅槃
在水之湄，薄霧冥冥的河面之上
脫悵惆，而迎風舞
因之，我看到了桑麻之秋，故園菊花高臥
蕭蕭暮雨，澄明，如一卷絲綢一樣光滑

懊儂歌

（綠珠寄）

蟬鬢紛亂，鏡子變黑。
在明亮的灰塵中，你是找不到我的。
我就獨立在高樓，高樓生寒
有人愁⋯⋯

幻夢如淵，這料峭塵世，
就這樣讓我在隱忍中獨自離去？
這香豔的肉身，不是我靈魂高貴的載體。

我將傾聽死亡和完美，
在這個下午，金穀園會散盡我所有的香氣。

我知曉，色迷眾生，
美是一種毒。
我知曉一些悲傷，會從眼淚裏汩汩流出。
抓住風暴的中心，
在《明君》的樂章裏，我只能演繹蒼涼和孤獨。

給我，這赤裸的秋天，

我的心，有多麼脆弱就有多麼憤怒！

給我，這一腔沖天的碧血，

翻過欄杆，死亡就會刺透這冥沉的現實……

圓圓曲

琴斷驚月。心波如春水乍皺。
胭脂傷，香獸涼，
更鼓漏盡菊花的黃。

醒來，是另一味我，
讓木魚苦煎肉體之砂鍋，
松濤寺外，問風悅耳否？

濮水之音亡國。
削盡青絲，也奈何不了
禍水之名滿山河。

觀世音，觀世之音
十方澄明，因因果果
度我一切苦厄？

落寞複落寞，這時刻，
不動手，不動腳
坐定就是看蓮開菩提祥雲朵朵。

我閉目。我養神。
我打碎鏡子裏的美。
世相迷心魄，也要讓我效先師艾香熏目？

午夜之嗒
圍圍曲

姑蘇河，姑蘇河，
記憶露出小馬腳，
一隻繡花鞋怎能扣住公子的許諾？

小夢一朵倏忽破
殘生，也不過是一片枯葦
渡江的不是我……

阮籍七弄

1.

鬼在門外吃雪。
我在窗內飲酒。
我想到了一朵早夭的桃花。
房中術瞬間枯萎成了
一節蠟。

2.

美婦美得落日一樣驚人
我買醉買的

只是一滴清醒
夜店據說一千年後才開始流行

3.

玄是一門藝術。
嵇康笑了。
他一直在我思想中打鐵，
並把山濤燒紅，放在八卦裏。

我們斷袖，而且
一起狎妓。在血液裏養活著
同一根骨頭

4.

醉就是破了不立。
醉就是觀棋不語。
醉就是為自己守節，
掩窗不與流雲苟合……

5.

沒有誰，能與自己的內心相遇。
我駕車走到了路的盡頭，
痛哭流涕。

我不同於楊朱。
我無羊可亡，無路可走。

6.

臭皮囊，粉骷髏，肉體呀，
一場聲勢浩大的空城計？

我寄生，像蟲卵。
我妥協，如雨竹。
我沉默，淪為醜陋的同盟……

7.

鬼開始吃人，
一代接著一代。

易說

玄：

眾妙之門，陰陽嬗遞，
日月合而為明。
大象若悲，萬物倏忽易形，
豈為人念所定？
鳳鳳淼淼，川流不息。
逝者周而復始，不知所止。
茫茫天地，唯日月往來無拘……

言不能達意，
詞盜空所指。
想像披著烏托邦的外衣。
輪迴只是八卦圖裏兩個不期而遇的精子。

即新即故，形影，
相依，眾相蔚然不衰，
花花世界生焉。

兆：

蓍草是爻的顯學。
占卜總是心懷叵測。
龜片碎了，筮辭出了一身冷汗。

淵兮似萬物之宗，
陰陽，相克相生，
大小往來，七日為複。

不明勿用為易。
盈而不滿為皎皎之月色，
反之烏雲翻滾，戚戚然如鳥離巢。

熄而不滅，莽原之火。
否極泰來，一把辯證主義之萬能鎖？

立八圭，度日影，
乾三連，坤六斷……
九九之象，殊途同歸。

識：

小音亂耳，大音棄絕
琴弦。道消失，
天空露出狐狸詭譎的臉。
羑裏只是個形而下的沼澤
幾根乾枯的蓍草，就能點破
六合的奧義。

午夜之喑
易說

承天而行，潛龍無不在淵。
克剛之水，無不至柔。
矛與盾，其實是一對冤家，
坐井才能觀天。

辯青萍之末而知風起，
嘗百味之草方為神農，
天地變，而草木蕃，
六爻格明，方顯萬物之序……

空間

1.

這個空間放不下一枚針，
卻令我如此著迷。
那時，我還是個孩子，
寄生在幾個親人的指縫裏。
那時，一隻螞蟻也在成長，
它瘦小的身影，至今還壓著
我的呼吸。
我想像不出欲望的天空

怎樣把我囚在蟲洞裏。
也許，我的生命只是接受
泥土、陽光和水
還不如一隻螞蟻那樣感受
馬蹄踏過的風聲。

2.

這個空間是三維的。
聲、色、欲，是它的三個枝杈。
它有樹樁的形狀，有

維納斯的美。我迷戀時，
它就是豐乳肥臀。
它不是玩偶。它是你想像的形狀，
各種形狀：尺子、輪子或者衣鉤。
它有密度，比重大於鉛，
而又以棉花糖的方式存在。
我說不清它，就像虛無的夢，
那麼真實而又那麼具體。

午夜之嗜
空間

3.

在燈光中赤裸，白色。無限。

夜太靜了，聲音就會爬出耳朵。

這四周站立的牆，和窗外的樹

它們多像我的兄弟，

默默把一切支撐，

而又不把你的靈魂，擠到肉體的一角。

它們是祥和的施予者，讓謊言

打上舌卷，口吃成封條。

而我，和幾隻撲火的飛蛾對坐，
聽著一個聲音，
從天花板上傳來，逼近
骨骼內的火。
燃燒呀，燃燒，像食肉鳥掠地飛行
撒下日子的鋒刃……

4.

以麻痺的形式加以疼痛
一種毀滅

跌落於餐桌
甚至，還稱不上的一種死
抓緊亡靈
讓旗幡飛揚，筷子落淚。

5.

一條魚，在螢幕上閃過。
一條魚，在嘲弄著天空。
一條魚的重量是我靈魂的四分之一
我越來越覺得自己是一隻，螞蟻

那麼渺小，甚至可以
忽略不計

6.

在歌聲中我摘下耳朵。
我撕碎面具。
我遏止風
我遏止雨
反遏止的力量形同唐吉訶德挑戰風車
滑稽嗎？

午夜之嗜
空間

可笑的小丑

是我?!

7.

這個空間微微顫顫

是酒精，是弓在琴弦裏的雲朵

是大麻

是霹靂舞者露指的手套

……

你看到我了嗎？

一次停頓，意外地瞥見，
我坐在電腦前，哈著凍僵的雙手……

深淵

道可，道非，常道

——老子

1.

十二月的殘忍是四月的三倍。

我跌落在一滴眼淚中，一滴眼淚，

擴大著悲哀，讓脖頸更接近鋒利的刀刃。

這不是在夢中。

窗外，有城市的下巴，

被寒風捎得生疼，還有駛過的車輛，

蕩起蛋白質燒焦的聲音。

我不是蛋黃，是的，我不是，

我尖叫，讓地板托起蛋殼的易碎。

所有的故事，開始前都是一根煙，

一根煙會滲著靈魂的汁液。

它沒有重量，就像影子看不到影子。

我打碎了鏡子，猛然的抽搐

是植物神經官能的作用。

我拒絕映射，那些暗物質，

你們躲在哪裡？衣櫥裏，書櫃裏？

午夜之暗
深淵

哦，疼，針尖對著太陽穴，
哦，疼，雪的反光對著倒車鏡。
好吧，讓旅行開始。
讓格蘭・亞歷山大為鐘錶催眠。

2.

白霧彌漫。
城市，怪獸一樣獠牙橫生。
在波德賴爾的憂鬱中，
細菌，在陰溝裏產下更多的卵。

你產下恐懼，哦，是的，
恐懼！你用舌尖輕輕吐出
這個詞。所有的人都笑了
所有的人，包括保安甲和姐妹乙。
這是淩晨一點，你累了
累了，KTV累了，酒精累了
還有你的高跟鞋，和超短裙……
「我討厭，討厭這一切！
我累了，誰給我一張床？」
沒有人需要地洞，

午夜之喑
深淵

和卡夫卡，你把欲望撚成線
掛在雙肩上，你的雙肩自此就落滿了
蝴蝶。

3.

酒精之後，
是白粉。
我們開始調笑。荷爾蒙
在血液裏狂歡，這個夜晚太豐滿了，
有著乳房的形狀。

一切都在她的衣服裏顫抖
她媚笑，是一顆草莓，而我用不著
望梅止渴。我穿山越嶺
我到達，絲襪盡頭，是沼澤
也是嬌喘——
這夜晚是泡沫，是洗手液
是吳莫愁的《癢》……
我看到了蘋果、蛇以及它
神祕的花紋，我看到了燒焦羽毛
留下的殘灰。我恐懼了，

在潔白的被單之上，
在遼闊無邊的噩夢裏。

4.

在盤子裏捲曲著
身子，一點一點，我吃掉我自己。
佐料是十三香。味道
是一卷正史。被閹割者
知道閹割的痛，他在竹簡上
刻下自己的影子。

所有的鏡子都是虛妄
所有用鏡子的人，都是自戀狂
沒有邏輯的邏輯：道可，道非，
才是常道。
我消失了，在文字的迷宮裏，
連骨頭也不剩。我在另一個世界裏
碰到了狂裔和華士，
還有直鉤釣過魚的姜太公
他們都是智者，
吃和被吃，讓道德露出了
政治的馬腳。

午夜之喑
深淵

5.

風卷起窗簾上的流蘇，
雪一直下在思想之外。
幾朵發黃的暗花，隱在記憶裏
一直加重著下午的暗淡。
而在影子的盡頭，竟然還坐著一個影子，
她哭泣，讓嬰兒死亡，讓太陽落下
永遠無法升起。
她是絕望？不！她是任何一個「我」

在末日之前，心靈教堂裏的懺悔。
她是女巫，為人類掐算著日子，
用自殘，來表達著基督的本意。
她還是來自瑪雅的先知，用眼睛的星空
注視大地⋯⋯
「我」在一陣拆遷聲中甦醒
在肉體的道具裏，是誰用耳語，
呼喚著我的小名？類似招魂
我的遊蕩，只是一次漫無目的的出軌。
並無實體的痛，再次降臨

午夜之唁
深淵

它灼燒，讓青草化為灰燼，
讓語法混亂，字跡咬斷筆尖。

蘋果

1.

雪下了整整一夜。清晨
沒有鳥鳴，只有寒冷的形狀
爬滿袖管。太陽
照常升起，沒有馬雅人預言的
廢墟，大地完好如初。

我返回一個噩夢，就在昨夜
那旋轉的、崩坍的中心，

已不復存在，如基督重臨
如電子波共振，把耳膜
刺破。

沒有人能拯救這湖邊的小草，
它鑲進我的肉體就是生命。
更沒有人拯救，燈光、街道
和黑暗，我們的內心，
早已布下死亡的陰影。

2.

我要攫取蘋果，一個金蘋果。
在意念中，它是八仙桌上的供品
背後香火繚繞。它還是主席像——
一個被神化了的張貼畫
貼在簡陋的土牆上。

我把回憶當成旅行，以點帶面。
我把生產隊、責任田和公社

看作饋贈。我幼小的心靈，
在黑暗的盲腸裏，滋生著
叛逆和希望……

沒有人記得，大雪沒過膝蓋，
寒風穿過棉襖，我掂著
破馬燈，去拜會孔老二。
人、口、手、上、下……和
金尼格萊的中文拼音。

3.

起風之前，我不知道
什麼是風。我沒有禦寒的外衣，
甚至連內衣，也被繡著黨章。
我沒有參照，謊言那時
鋪滿血液。

疼了，我開始一點點地滲析。
一毫升的善，結晶出

兩克拉的苦。三毫升的思
稱出人民、員警以及
做了娼妓的紙媒……

起風之後，頭髮亂了。
但我知道，為何亂了，
會亂到什麼程度
我知道歧路條條，但楊子
不會在我的思想裏哭泣。

4.

我還需要蘋果，另一個蘋果，
充滿醇香，在絲綢裏顫抖。
我還需要一條蛇和它的引誘，
讓伊甸園開滿含羞草，
我手指一碰，她就閉上。

我所需要的，不過是這些。
這些衍生出花園、黑夜和浮華的會所

以及交易、享樂與穿著吊襪帶的肉體
潘朵拉已打開盒子，鎖
其實就是鑰匙，什麼也鎖不住

一個人，就一個懸崖
在更深的黑暗裏，我必須學會
放棄。有一種神祕
你無法駕馭，偶然
或曰宿命？

5.

賈伯斯，被咬了一口的蘋果，
就在我手中。它很薄，沒有
思想的厚度，卻改變了世界。
我想像著他的倔強，在夜裏，
不動聲色地把蓋茲的夢擊碎。

我有些不知所措，縮在自己的
影子裏。系統在虛擬著一切，

刪除、拷貝和粘帖，
被盜空了的信仰，依附器官
工具性的愉悅？

十字交叉，在沼澤深處
我火熱的扇貝，就是標本
我潑下的顏料就是顏色
我命名的美就是美
原諒我的瘋狂，因為我無所依。

6.

雪掩蓋了整個原野。走在
唯一的小路上，我變得
理性和絕望。如果說雪是一場
反叛，我就是
肉體活著的騙局。

我握著一個蘋果，一個
冰冷的蘋果，從集市上回來

那是1989年的事情了
我還在鬧店，在泰戈爾的指紋裏
探究著人道主義的至善……

暫短的謀殺，對於記憶，
或者說遺忘，無足輕重。
我們呼嘯而過，像一列車廂
而時間，是冰冷的隧道
記下雪地裏的烏鴉，與空白對照。

午夜之唱
蘋果

讀詩人74　PG1441

 午夜之暗

作　　者	簡　單
責任編輯	杜國維
圖文排版	周妤靜
封面設計	楊廣榕

出版策劃	釀出版
製作發行	秀威資訊科技股份有限公司
	114 台北市內湖區瑞光路76巷65號1樓
	電話：+886-2-2796-3638　傳真：+886-2-2796-1377
	服務信箱：service@showwe.com.tw
	http://www.showwe.com.tw
郵政劃撥	19563868　戶名：秀威資訊科技股份有限公司
展售門市	國家書店【松江門市】
	104 台北市中山區松江路209號1樓
	電話：+886-2-2518-0207　傳真：+886-2-2518-0778
網路訂購	秀威網路書店：http://www.bodbooks.com.tw
	國家網路書店：http://www.govbooks.com.tw
法律顧問	毛國樑　律師
總 經 銷	聯合發行股份有限公司
	231新北市新店區寶橋路235巷6弄6號4F
	電話：+886-2-2917-8022　傳真：+886-2-2915-6275

出版日期	2015年12月　BOD一版
定　　價	220元

國家圖書館出版品預行編目

午夜之暗 / 簡單著. -- 一版. -- 臺北市：釀出
版, 2015.12
　　面；　公分. -- (讀詩人 ; 74)
　　BOD版
　　ISBN 978-986-445-067-1(平裝)

851.486   104021867

讀 者 回 函 卡

感謝您購買本書,為提升服務品質,請填妥以下資料,將讀者回函卡直接寄回或傳真本公司,收到您的寶貴意見後,我們會收藏記錄及檢討,謝謝!
如您需要了解本公司最新出版書目、購書優惠或企劃活動,歡迎您上網查詢或下載相關資料:http:// www.showwe.com.tw

您購買的書名:_____

出生日期:_____年_____月_____日

學歷:□高中 (含) 以下　　□大專　　□研究所 (含) 以上

職業:□製造業　□金融業　□資訊業　□軍警　□傳播業　□自由業
　　　□服務業　□公務員　□教職　　□學生　□家管　□其它_____

購書地點:□網路書店　□實體書店　□書展　□郵購　□贈閱　□其他

您從何得知本書的消息?

　□網路書店　□實體書店　□網路搜尋　□電子報　□書訊　□雜誌
　□傳播媒體　□親友推薦　□網站推薦　□部落格　□其他_____

您對本書的評價:(請填代號　1.非常滿意　2.滿意　3.尚可　4.再改進)

　封面設計____　版面編排____　內容____　文/譯筆____　價格____

讀完書後您覺得:

　□很有收穫　□有收穫　□收穫不多　□沒收穫

對我們的建議:_____

_____

_____

_____

11466
台北市內湖區瑞光路 76 巷 65 號 1 樓

秀威資訊科技股份有限公司 收

BOD 數位出版事業部

⋯⋯⋯⋯⋯⋯⋯⋯⋯⋯⋯⋯⋯⋯⋯⋯⋯⋯⋯⋯⋯⋯⋯⋯⋯⋯⋯⋯⋯⋯⋯⋯⋯⋯⋯⋯⋯

（請沿線對折寄回，謝謝！）

姓　　名：_____　年齡：_____　性別：□女　□男

郵遞區號：□□□□□

地　　址：_____

聯絡電話：(日) _____ (夜) _____

E-mail：_____